W9-BAJ-101

*This book belongs to:*

_____

Pablo has ridden for many miles in the bed of Papá's old truck. Even the hard bumps and heavy rain do not dampen his spirits, for he is on his way to the melon fields in Arizona with his father and uncle. The thought of watermelons makes his mouth water.

Suddenly, the truck hits a bigger-than-usual rut in the road. Pablo and his canvas cover tumble out and the truck keeps going, heading to Arizona without him! Surely Papá will come back, Pablo thinks, but darkness and cold soon cause him to wonder. Huddling in his makeshift canvas tent, Pablo shudders as a lone coyote howl fills the night sky.

The next morning, Pablo and his new-found friend head out on foot toward the border town of Sonoita. But will they make it into Arizona? And how will they find Pablo's Papá? This story will satisfy the thirst for adventure in all children—even grown-up ones. With its Spanish translation, it is a bilingual gem.

*Pablo ha viajado muchos kilómetros en la camilla de la vieja camioneta de su papá y ni los duros golpes ni la fuerte lluvia lo desalientan. Está rumbo a los campos de sandía de Phoenix, Arizona, con su papá y su tío. La boca se le hace agua nada más de pensar en las sandías.*

*De repente una de las llantas golpea un surco en el camino, más hondo que los de costumbre. Pablo y su cobija de lona se caen y la camioneta sigue su camino hacia Arizona sin él. Seguramente Papá regresará por él, piensa Pablo, pero con la oscuridad y el frío pronto empieza a tener dudas. Acurrucado en su tienda de campaña provisional de lona, Pablo se estremece al oír el aullido de un solitario coyote llenar el cielo nocturno.*

*Al día siguiente, Pablo y un nuevo amigo se van a pie rumbo al pueblo fronterizo de Sonoita. Pero, ¿lograrán llegar a Arizona? y ¿cómo encontrarán a su papá? Este cuento satisfará el anhelo de aventura en todos los niños—y aún a los mayores. Con su traducción al español, es una preciosidad bilingüe.*

# PABLO AND PIMIENTA

## Pablo y Pimienta

WRITTEN BY/ESCRITO POR *Ruth M. Covault*

ILLUSTRATED BY/ILUSTRADO POR *Francisco Mora*

translated by/traducido por Patricia Hinton Davison

NORTHLAND PUBLISHING

The illustrations were done in charcoal,
acrylic, and oils on Strathmore paper
The display type was set in Greco Deco
The text type was set in Janson Text
Composition by Northland Publishing
Printed and bound by Tien Wah Press, Singapore
Production supervision by Lisa Brownfield
Designed by Trina Stahl
Edited by Erin Murphy and Kathryn Wilder

FIRST EDITION

ISBN 0-87358-588-7
Library of Congress Catalog Card Number Pending

0483/7.5M/9-94

PATRICIA HINTON DAVISON was born in Monterrey, Mexico, and completed her studies at the University of the Americas in Cholula, Puebla, Mexico. She is married and has four children. She has made her career in education and has been teaching at Northern Arizona University for over eight years. She enjoys painting, decorating, and being close to the ocean. Her other translations include *This House Is Made of Mud* (Northland, 1994) and *Carlos and the Squash Plant* (Northland, 1993).

*Patricia Hinton Davison nació en Monterrey, México, y completó sus estudios en la Universidad de las Américas en Colula, Puebla, México. Está casada y tiene cuatro hijos. Se dedica a la educación y ha estado enseñando en la Universidad del Norte de Arizona por más de ocho años. Le encanta pintar, decorar y estar junto al mar. Sus otras traducciones incluyen* Esta casa de lodo *(Northland, 1994) y* Carlos y la planta de calabaza *(Northland, 1993).*

*In memory of my mother, Ruby Foulke Brown.*
—R. M. C.


*A mis padres, a "Little Ricky," y especialmente a Dios por darme un don.*
—F. M.

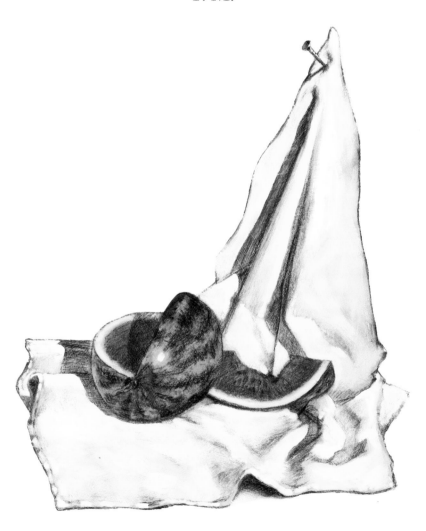

Pablo had ridden for many miles in the bed of Papá's old truck. But even the hard bumps and the heavy rain did not dampen his spirits. He was on his way to the melon fields of Phoenix, Arizona, with his father and uncle. The thought of watermelons made his mouth water.

Papá needed a new truck but there was no money to buy one. Pablo knew that Papá was praying to all his saints that this truck would get them there.

*Pablo había estado viajado por muchos kilómetros en la camilla de la vieja camioneta de su papá pero ni los duros golpes ni la fuerte lluvia lo desalentaban. Iba rumbo a los campos de sandía de Phoenix, Arizona, con su papá y su tío. La boca se le hacía agua nada más de pensar en las sandías.*

*Papá necesitaba una camioneta nueva pero no había dinero para comprar una. Pablo sabía que Papá les estaba rezando a todos sus santos que esta camioneta llegara adonde iban.*

Suddenly a wheel hit a deep rut, jarring the truck. At that moment Pablo and his canvas cover tumbled out, and he found himself sitting in the middle of the road. Papá's truck disappeared around a curve before Pablo even had a chance to call out.

Pablo stood up, shook himself off, and went to a cactus-free spot by the side of the road. He sat down and wrapped himself tightly in his canvas. He had only to wait. Papá would come back for him. Somehow he must be brave, and calm, and pray. . . .

De repente una de las llantas golpeo un surco hondo, sacudiendo la camioneta. En ese momento Pablo rodó de la camioneta junto con su cobija de lona y se encontró sentado en medio de la carretera. La camioneta de papá desapareció en la curva del camino antes de que Pablo pudiera gritar.

Pablo se paró, se sacudió y se arrimó a un lugar donde no había cactos al lado de la carretera. Se sentó y se envolvió bien en la lona. Tenía sólo que esperar. Papá regresaría por él. De alguna manera tendría que ser valiente, permanecer calmado y rezar. . . .

But Papá didn't come. The old truck sputtered on until it came to a stop at the customs buildings at the border in Sonoita. Neither Papá nor Uncle Tomás thought to make sure Pablo was still in the back of the truck. The federales stamped their watermelon-picking permits and waved them on.

*Pero Papá no regresó. La vieja camioneta chisporroteó hasta que se paró en la aduana de la frontera en Sonoita. Ni Papá ni su tío Tomás pensaron en asegurarse de que Pablo estuviera en la camilla de la camioneta. Los federales sellaron sus permisos para recoger sandías y les señalaron que siguieran adelante.*

Darkness came and a miserable, frightened ten-year-old sat huddled under his canvas looking at the twinkling lights of Sonoita. Over and over he told himself that he must be brave and calm. Papá would not leave him in the desert alone.

The rain continued, adding to Pablo's discomfort. He was hungry and longed for Mamá's hot chile. He wanted to be brave, but oh, how he wished that he were sitting on Mamá's comfortable lap with her arms around him.

The cry of a lone coyote split the air. Papá had taught him not to be afraid of coyotes—still, he shuddered. Without thinking, he reached for small rocks.

*La obscuridad llegó y un niño de diez años, miserable y asustado se acurrucó bajo su lona mirando las luces que brillaban en Sonoita. Una y otra vez se dijo que tendría que ser valiente y permanecer calmado. Papá no lo dejaría en el desierto solo.*

*La lluvia continuaba, añadiendo a la incomodidad de Pablo. Tenía hambre y añoraba el chile con carne picoso de su mamá. Quería ser valiente, pero Dios mío como deseaba estar sentado en el regazo de su mamá y que ella lo estuviera abrazando.*

*El aullido de un solitario coyote partió el ámbito. Papá le había enseñado a no tenerle miedo a los coyotes—pero de todas maneras se estremeció. Sin pensar, estiró la mano para recoger unas piedritas.*

A flash of lightning lit up the sky and Pablo saw a coyote pup standing no more than ten feet away. Blindly he threw the rocks, hoping to make it leave. Another flash in the sky. The coyote had not moved.

Then he felt the critter rubbing against his canvas wrap as she made a mournful cry. Bravely, he opened his canvas a wee bit to peek out. The little pup squeezed in and curled up against Pablo's legs.

The pup's body heat warmed him. Soon they were both asleep.

*Un relámpago encendió el cielo y Pablo vio un coyotito parado a no más de diez pies. Ciegamente le tiró las piedritas, esperando que huyera. Otro relámpago encendió el cielo. El coyotito no se había movido.*

*Entonces sintió al animalito rozarse contra su lona mientras aullaba tristemente. Valientemente abrió su lona una nadita y se asomó. El coyotito se abrió paso y se acurrucó contra las piernas de Pablo.*

*El calor del coyotito calentó a Pablo. Pronto los dos estaban dormidos.*

The sun was high up in the sky and it was already getting hot when Pablo awoke. He was amazed that he had slept through the night. He reached for the coyote pup, but she was gone. He sighed, regretting losing his friend. But he could not worry about the pup. Papá must be found. He folded his canvas neatly and headed for an arroyo, where he found ankle-deep water. He would wade this stream into Sonoita. If he heard Papá's truck chugging down the road, he would jump out and wave him down.

Some distance up the arroyo, he had an uneasy feeling. Something or someone was following him. He heard a rustling in the brush a few feet away. Could it be a javelina—or worse, a mountain lion? He might outrun a near-sighted javelina, but a mountain lion? Not a chance.

*El sol estaba alto en el cielo y ya estaba haciendo calor cuando Pablo se despertó. Estaba asombrado de que había dormido toda la noche. Tendió la mano para sentir el coyotito pero ya se había ido. Suspiró, lamentando la pérdida de su amiguita. Pero no se podía preocupar por la cachorrita. Tenía que encontrar a su papá. Dobló la lona con cuidado y se fue rumbo al arroyo, donde encontró que el agua le llegaba a los tobillos. Atravesaría este riachuelo hasta llegar a Sonoita. Si oía el traqueteo de la camioneta de su papá, saltaría y le haría señales para que parara.*

*Después de caminar un ratito arroyo arriba se sintió ansioso. Algo o alguien lo seguía. Oyó un susurro en un arbusto que estaba cerca. ¿Podría ser una jabalina— o peor, un gato montés? Podría correr más rápidamente que una jabalina miope, ¿pero un león montés? Ni queriendo.*

He slowly turned his head and was greatly relieved to see it was only the pup, chasing a cottontail rabbit. The rabbit escaped into a hole, and Pablo stopped and waited for the discouraged pup to catch up to him. "So, you are looking for breakfast? I'm hungry, too." Pablo felt his stomach growl, and suddenly he remembered the tortilla his mother had given him as he left home the day before.

He took the crumbling tortilla out of his pocket and carefully tore it in half. The pup eagerly swallowed her share, but Pablo slowly chewed his until it was gone. He was still hungry. Again Pablo longed for his mother's hot chile, spicy with the taste of *pimienta* (pepper). Pablo loved *pimienta*.

The coyote now followed him like a shadow. Pablo was delighted to have her for company. She must have a name, and he had the perfect one for her. He would call her Pimienta.

*Lentamente volteó la cabeza y sintió un gran alivio al ver que era solamente la cachorrita persiguiendo un conejo. El conejo se escapó metiéndose a un agujero y Pablo se detuvo y esperó a la desanimada cachorra que lo alcanzara. —¿Así es que tu eres la que busca su desayuno? Yo también tengo hambre. Pablo sintió que el estómago le rugía y de repente se acordó de la tortilla que su mamá le había dado al salir el día anterior.*

*Sacó la tortilla desmigajada de su bolsillo y cuidadosamente la partió a la mitad. La coyotita impacientemente se tragó su parte, pero Pablo lentamente masticó la suya hasta terminársela. Todavía tenía hambre. De nuevo Pablo anhelaba el chile con carne, picoso y con el sabor de pimienta. A Pablo le fascinaba la pimienta.*

*La coyotita ahora lo seguía como una sombra. Pablo estaba encantado de que le hiciera compañía. Tendría que darle un nombre, y tenía el nombre perfecto para la cachorra. La llamaría Pimienta.*

As they journeyed together along the arroyo, heading into Sonoita, Pablo taught Pimienta to fetch and chase. She was quick to learn and loved splashing water over herself as she ran.

They drew closer to the border town and Pablo began to worry about how he was going to get through customs and into Arizona.

Pimienta did not seem concerned about Pablo's problem. She only wanted to play chase. Annoyed, Pablo spoke crossly to her: "I don't have time to play chase." Pimienta slunk away, not understanding him.

The word chase was hardly out of his mouth when he knew what he must do. But first, they needed something to eat.

*Pablo le enseñó a Pimienta a cazar y a traerle cosas que le aventaba mientras viajaban juntos por el arroyo hacia Sonoita. Aprendía pronto y le gustaba salpicarse en el agua mientras corría.*

*Al acercarse al pueblo fronterizo Pablo empezó a preocuparse de como iba a pasar por la aduana para entrar a Arizona.*

*El problema de Pablo no parecía preocuparle a Pimienta. Ella nada más quería jugar a la cacería. Fastidiado, Pablo le habló un poco enojado: —No tengo tiempo de jugar a la cacería contigo. Pimienta no entendió su enojo y se escurrió.*

*La palabra cacería apenas se le había escapado de la boca cuando se le ocurrió lo que debía hacer. Pero primero necesitaba algo que comer.*

Pablo had a few coins in his pocket. He would be able to buy some food. Quickly he gathered Pimienta up in his arms and carried her with him to a tamale stand.

"What an odd-looking puppy you have," said the woman who sold him the tamale.

Pablo almost choked on his food. "Yes, ma'am. She is part coyote." Reluctantly, he said, "I must go. Thank you for the delicious tamale."

"Would you like another?" asked the tamale lady.

"I have no more money," Pablo said sadly.

"Then I'll give you one," she answered, and handed him one. He eagerly grabbed it and managed to remove the corn-shuck wrapping and eat more slowly as he headed towards the border. "Didn't your mother feed you this morning?" the woman called after him.

*Pablo tenía unas monedas en su bolsillo. Podría comprar algo de comer. Rápidamente recogió a Pimienta en sus brazos y se la llevó a un puesto de tamales.*

*—Qué curioso perrito tienes, le dijo la señora que le vendió el tamal.*

*Al oír esto casi se le atoró la comida. —Sí señora, es que es parte coyote. Sin querer le dijo, —debo irme. Gracias por el delicioso tamal.*

*—¿Quieres otro? Le preguntó la señora de los tamales.*

*—Ya no tengo dinero. Pablo le contestó tristemente.*

*—Anda, te doy uno, le dijo, y se lo dio. Pablo lo agarró deseoso y logró quitarle la hoja de maíz que lo envolvía y un poco más despacio se lo comió mientras se dirigía hacia la frontera. —¿Qué no te dio de comer tu mamá esta mañana? le gritó la señora.*

As he approached the customs office, he began running. "Chase me, Pimienta!" he cried. Faster and faster his feet flew, and as he ran, he shouted, "Mad dog! Mad dog!" again and again. He ran through the Mexican customs and on through the American gate with Pimienta at his heels, just as a car was coming from the other direction. Not once did he look back, but he knew that he left behind some bewildered federales.

Al acercarse a la aduana, Pablo empezó a correr. —Corretéame Pimienta,
gritó. Más y más aprisa sus pies volaron, y mientras corría gritaba, una y otra vez
—¡un perro rabioso! ¡un perro rabioso! Corrió por la aduana Mexicana y ense-
guida por la reja Americana con Pimienta persiguiéndolo detrasito, justo cuando
un carro venía de la otra dirección. Ni una vez miró hacía atrás, pero sabía que
dejaba a unos federales perplejos.

Pablo stopped to catch his breath and thank his patron saint for bringing him and Pimienta across the border.

Pablo and Pimienta walked for many miles in a land that looked much like their own. Soon they were thirsty, and Pablo picked up a big rock and hit a barrel cactus with it, breaking it open so they could chew the moist insides. While they rested, they watched the kestrel birds fly in and out of their saguaro nests. Red-tailed hawks flew above the organ pipe cacti and Gambel quails with their little top-knots bobbing scurried about in search of berries and seeds.

*Pablo paró para suspender el resuello y darle gracias a su santo patrón por dejar que el y Pimienta cruzaran la frontera sanos y salvos.*

*Pablo y Pimienta caminaron muchos kilómetros por tierras muy parecidas a las suyas. Pronto les dio sed y Pablo levantó una piedra grande y le dio a una biznaga. La partió para que pudiera masticar los jugos de adentro. Mientras descansaban, miraron las aguilillas volar alrededor de los nidos que tenían en los saguaros. Los halcones volaban por encima de los órganos y las codornices con sus copetes maneándose se echaban a correr en búsqueda de semillas y bayas.*

At dusk Pablo started to unfold his canvas. He and Pimienta were tired. Now they would sleep. He was looking for a place to rest when he saw a fire glowing through the palo verde trees. It was a small fire, but it filled Pablo's heart with hope. He refolded his blanket and the two friends started up the road. In minutes he saw Papá's truck, and he began to shout.

*Al anochecer Pablo desenvolvió su lona. Pimienta y él estaban cansados. Ahora dormirían. Estaba buscando un lugar donde descansar cuando vio una fogata que alumbraba entre los árboles palo verdes. Era una fogata pequeña, pero a Pablo se le llenó de esperanza el corazón. Volvió a doblar la lona y los dos amigos siguieron el camino. En pocos minutos vio la camioneta de Papá, y empezó a gritar.*

Pablo's father recognized his son's voice and ran to meet him. Pablo's steps were faltering with weariness when Papá reached him and lifted him up in his arms. "By what miracle did you get here?" Papá asked.

"My coyote friend and I walked. I tumbled out of the truck when you hit a bump. Were you waiting for me?"

"We were on our way back to look for you when the truck broke down. We just fixed it." Papá looked down at Pimienta. "What do you call your little friend?"

"Pimienta. Can I take her to the watermelon patch with us?" Pablo asked eagerly.

"I'll think about it," his father replied. "Where did you find her?"

"I didn't. She found me."

El papá de Pablo reconoció la voz de su hijo y corrió a encontrarlo. Pablo estaba tambaleandose del cansancio cuando su papá lo alcanzó y lo levantó en sus brazos. —¿Qué milagro te trajo aquí? le preguntó su papá.

—Mi amiga coyotita y yo caminamos. Me caí de la camioneta cuando diste un golpe. ¿Me estabas esperando?

Estábamos de regreso para buscarte pero la camioneta se nos descompuso. La acabamos de arreglar. Papá miró a Pimienta. —¿Cómo le llamaste a tu amiguita?

—Pimienta. ¿La puedo llevar al campo de sandías? Pablo le preguntó ansiosamente.

—Lo voy a pensar, le respondió su papá. —¿Dónde la encontraste?

—Yo no la encontré, ella me encontró a mí.

Uncle Tomás joined them. He took the weary Pimienta gently into his arms. When he heard the story of how she helped Pablo get across the border, he said she should be allowed to go with them to Phoenix. Papá agreed.

"Why did you follow us?" Uncle Tomás asked. "It was so dangerous!"

A sleepy Pablo yawned as he answered, "How else was I going to get to the watermelon patch? I have but one worry now—what if Pimienta does not like watermelon?"

Su tío Tomás los alcanzó. Cariñosamente levantó a Pimienta. Cuando oyó el cuento de como le había ayudado a Pablo a cruzar la frontera, dijo que deberían llevársela a Phoenix con ellos. Papá estuvo de acuerdo.

—¿Por qué nos seguiste? le preguntó su tío Tomás. —¡Fue tan peligroso!

Pablo, que tenía tanto sueño, bostezó y le contestó, —¿de qué otra manera iba a llegar al campo de sandías? Me preocupa sólo una cosa— ¿qué si a Pimienta no le gustan las sandías?

Papá and Uncle Tomás were still chuckling long after Pablo and Pimienta had curled up together to sleep. Tomorrow they would tell Pablo that coyotes love watermelon.

*Papá y su tío Tomás todavía estaban riéndose mucho después de que Pablo y Pimienta se habían acurrucado juntos a dormir. Mañana le dirían a Pablo que a los coyotes les encantan las sandías.*